SOUVENIRS.

À

MES AMIS.

PARIS,

IMPRIMERIE D'AD. MOESSARD,

RUE DE FURSTEMBERG, N.º 8, F. S.-G.

1830.

SOUVENIRS.

SOUVENIRS.

A

MES AMIS.

PARIS,

IMPRIMERIE D'AD. MOESSARD,

RUE DE FURSTEMBERG, N.º 8, F. S.-G.

1830.

Ma Colombe.

(Juillet 1822.)

Air : *Ce soir là dessous l'ombrage.*

O ma colombe chérie,
Quoi! je vous revois encor :
Sous le ciel de ma patrie
Vous reprenez votre essor.
Mais dans nos champs tout succombe ;
Des méchans craignez les rets.
  Adieu, douce colombe,
  Retournez aux forêts.

Il n'est plus ce temps prospère,
Où, venant à mon secours,

2

Vous étiez la messagère
De mes volages amours.
Quand la liberté succombe,
L'amour même est sans attraits.
   Adieu, douce colombe,
   Retournez aux forêts.

C'est vainement qu'infidèles
Au culte de la beauté,
Mes chants, au bruit de vos ailes,
Célébraient la liberté.
Dans les fers l'homme retombe;
Ah! fuyez loin des palais.
   Adieu, douce colombe,
   Retournez aux forêts.

Que n'ai-je votre plumage!
D'un essor audacieux,
Échappant à l'esclavage,
Je volerais jusqu'aux cieux.
Là, de la foudre qui tombe
Je dirigerais les traits......
   Adieu, douce colombe,
   Retournez aux forêts.

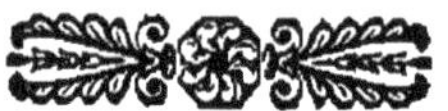

Dans les bois, heureux asile
Où règnent les seuls zéphyrs,
Loin de moi, libre et tranquille,
Cherchez d'amoureux loisirs;
Mais revenez sur ma tombe
Soupirer quelques regrets.
Adieu, douce colombe,
Retournez aux forêts.

Adieu Suzon !

(Juin 1826.)

Air *de la Robe et des Bottes.*

TA jeunesse venait de naître,
La mienne était près de finir;
Mais en amour je fus ton maître :
Aimé, je pensai rajeunir.
Pour moi le temps a marché vîte :
Je ne suis plus qu'un vieux garçon.
Mon front blanchit, l'amour me quitte :
 Adieu Suzon ! (*bis.*)

Souvent, aux accords de la lyre
Mariant de tendres soupirs,

En toi j'excitai le délire,
Présage des plus doux plaisirs.
Indocile au doigt qui l'agite,
Mon luth ne rend plus qu'un vain son ;
Ma voix tombe, l'amour me quitte :
    Adieu Suzon ! (*bis.*)

Quand du soir l'étoile amoureuse
Brillait pour annoncer la nuit,
Des plaisirs la troupe joyeuse
Venait égayer mon réduit.
Mais hier ils ont pris la fuite,
Chassés par la froide raison.
Ma gaîté meurt, l'amour me quitte :
    Adieu Suzon ! (*bis.*)

Si l'on peut aimer à tout âge,
Pour plaire, hélas ! il n'en est qu'un.
Des ans quand j'ai subi l'outrage,
Je dois devenir importun.
Déjà de ton cœur qui palpite,
Mon cœur n'est plus à l'unisson.
Mon feu s'éteint, l'amour me quitte :
    Adieu Suzon ! (*bis.*)

Oui, pour la beauté qu'il couronne,
L'amour veut de jeunes amans.
Ne va pas au souffle d'automne,
Livrer les roses du printemps.
Ah! ma tendresse décrépite
Outrage ta verte saison.
Quitte-moi, car l'amour me quitte :
Adieu Suzon !   (*bis.*)

Le Manuel.

A mon Père, auteur du MANUEL DES PERCÉPTEURS, *le jour de sa fête.*

(Septembre 1822.)

Air : *Halte là !*

D'UN livre qui court le monde,
Et dont vous êtes l'auteur,
La fortune est sans seconde ;
Il compte plus d'un lecteur.
Pour moi, juge assez imberbe,
J'en ignore tout le prix ;

Mais s'il est vrai le proverbe,
Qu'on se peint dans ses écrits,
   Bon Michel, (*bis.*)
Donnez-nous le *Manuel.*

La gaîté régnait en France;
Mais, grâces à nos discords,
Avec l'aimable espérance,
Le plaisir a fui nos bords.
Du dieu des douces folies,
Pour relever les drapeaux,
De ces piquantes saillies
Qui brillent dans vos propos,
   Bon Michel, (*bis.*)
Donnez-nous le *Manuel.*

Je hais ce bigot qu'irrite
Notre plus léger travers,
Quand sous son froc hypocrite
Les vices marchent couverts.
Comme un sage de la Grèce,
Dans la tonne de Bacchus,
Vous qui logez la sagesse,
Ah! des aimables vertus,
   Bon Michel, (*bis.*)
Donnez-nous le *Manuel.*

Qu'ai-je dit?.... dans votre enfance
Vous desserviez l'autel saint,
Et vous gardez l'espérance
De devenir capucin..... (*).
Mais si ce goût de jeunesse
Vous gagnait de plus en plus,
Pour répondre à votre messe ,
De l'office de Momus,
  Bon Michel, (*bis.*)
Donnez-nous le *Manuel.*

A votre aimable sagesse,
Ainsi nous avons recours ;
Et vers vous chacun s'empresse
Pour s'instruire à vos discours.
Mais si vous vouliez nous faire
Des leçons sur l'amitié
Qu'on doit au plus tendre père,
Nous vous dirions sans pitié :
  Bon Michel, (*bis.*)
Gardez votre *Manuel.*

(*) Mon père nous parlait souvent de ce projet, qu'il compte encore réaliser, dit-il, dès qu'on aura définitivement rétabli en France les couvens de moines.

Mon Hirondelle.

*A Mademoiselle ***, qui partait de Paris pour ne revenir qu'au printemps.*

(Octobre 1823.)

Air *des Maris ont tort.*

SECOUANT son manteau de neige,
L'hiver sème au loin les frimas,
Et devant le froid qui l'assiége,
L'hirondelle fuit nos climats.
Mais quand le printemps, sur son aile,
Ramènera de plus beaux jours,
Nous verrons l'aimable hirondelle
Revenir fidèle aux amours.

Une surtout, légère et vive,
Dont la grâce me séduisait,
Hôtesse, hélas! trop fugitive,
Part du toit qu'elle embellissait.
Ah! jusqu'à la saison nouvelle,
Plus de gaîté dans nos séjours.
Quand verrai-je mon hirondelle
Revenir fidèle aux amours?

Que n'ai-je pu dans mon asile
Te fixer, oiseau passager,
Ou bien encor d'une aile agile
Te suivre au rivage étranger!
Du temps du-moins qui te rappelle,
Puisses-tu devancer le cours,
Et bientôt, aimable hirondelle,
Revenir fidèle aux amours!

Mais elle a fui d'un vol rapide,
M'abandonnant à mes regrets,
Lorsqu'aux bords où le sort la guide,
Tant de piéges sont déjà prêts!

L'oiseleur la verra si belle,
Que mon cœur doit craindre toujours...
Mais non : mon aimable hirondelle
Reviendra fidèle aux amours.

Couplets

CHANTÉS A UN DÎNER D'UNE CONFÉRENCE DE DROIT.

(Août 1822.)

Air : *Je vais bientôt quitter l'empire.*

DANS notre siècle, hélas! un peu tragique ,
Où chaque jour voit naître des complots,
On croit entendre un tocsin politique,
Quand la folie agite ses grelots.
Lorsqu'à trinquer l'amitié nous invite ,
Craignons aussi d'éveiller des Argus,
Et dans ces lieux, redoutant leur visite,
 Ne laissons entrer que Bacchus.

6

Mais de ce dieu séduisante compagne,
Qui, mieux que lui, sait nous enivrer tous,
Sur un bouchon poussé par le champagne,
La Gaîté vient d'arriver parmi nous.
Comme Vénus, de la mousse légère,
Elle s'élance avec la volupté ;
Les doux Plaisirs la proclament leur mère :
　　Ah ! laissons entrer la Gaîté !

Que vois-je ? avec la déesse légère,
S'est introduit certain enfant badin.
De l'Amitié comme il est frère,
On doit, dit-il, l'admettre à ce festin.
　　Un dieu qui fraude les notaires,
　　Doit être exclu de ce séjour...
Mais nos maris (*) chez eux ne le voient guères :
En leur faveur laissons entrer l'Amour !

　　Mais qui vient encor nous distraire ?...
　　Au risque d'être bafoué,
　　Imprudent ! Eh ! que vient donc faire
　　L'Hymen chez des clercs d'avoué ?...

(*) Quelques-uns des convives étaient mariés.

Pourtant ne faites pas outrage
A ce Dieu pour vous si benin !
Puisqu'avec nous bien souvent il partage,
Laissons, amis, laissons entrer l'Hymen !

Quel bruit entends-je à notre porte ?...
— « Ouvrez, ouvrez, de par la loi » !
— C'est Thémis avec son escorte.
Son nom seul me glace d'effroi !...
Mais un dîner a tant de charmes !
Parfois, dit-on, plus d'un juge y fut pris.
Allons !... pourvu qu'elle entre sans gendarmes,
Laissons, amis, laissons entrer Thémis !

Enfin, libre d'inquiétude,
Que la Gaité reprenne son essor.
Eh quoi ! suite de l'habitude,
Déjà Thémis, sur la table s'endort.
Près de l'Hymen l'Amour aussi sommeille...
Mais quand Bacchus se mettrait de moitié,
Du-moins, amis, pour que la Gaité veille,
Ne laissons pas endormir l'Amitié !

La Science.

Couplets chantés à un Banquet de la Société Linnéenne de Paris.

(Mai 1824.)

Air *du Carnaval de Béranger.*

Fils de Linné, par le droit du génie
Vous êtes rois de ce vaste univers ;
Et la nature, à vos lois asservie,
Dévoile enfin tous ses secrets divers.
Mais votre main dissipant l'ignorance,
Souvent, hélas ! découvre des malheurs.
Moi, je préfère à la triste science,
L'illusion et ses douces erreurs.

Ce n'est assez des rêves de Morphée :
Trop de méchans troublent notre sommeil.
L'illusion, aimable et bonne fée ;
D'un songe heureux berce encor mon réveil.
Des dieux de l'air me niant l'existence,
Vous m'éclairez d'importunes lueurs.
Moi, je préfère à la triste science,
L'illusion et ses douces erreurs.

Quand de nos champs, que réjouit l'aurore,
Le doux parfum vient enivrer mes sens,
Je crois alors que sur les pas de Flore,
Zéphyrs légers ramènent le printemps.
Vous, du soleil calculant l'influence,
Par ses rayons vous m'expliquez les fleurs.
Moi, je préfère à la triste science,
L'illusion et ses douces erreurs.

Dans une fleur que votre art décompose,
Vous ne trouvez qu'un sujet de leçon;
Et quand mon œil aime à voir une rose,
Vous l'effeuillez pour m'en dire le nom.
Allez, cruels, en vos expériences,
A la nature arracher ses couleurs!...

Moi, je préfère à vos tristes sciences,
L'illusion et ses douces erreurs.

Qu'ai-je entendu? d'où vient qu'au bruit des verres,
D'aimables voix mêlent de gais refrains?
C'est l'amitié, chez un peuple de frères,
Qui boit et trinque au bonheur des humains.
Sages mortels, votre docte alliance
Aux doux plaisirs n'a pas fermé vos cœurs;
Et je retrouve auprès de la science,
L'illusion et ses douces erreurs.

Le Cauchemar,

COUPLETS CHANTÉS A UN REPAS DE NOCE.

—

(7 mai 1825.)

Air de Préville et Taconnet.

GRACE aux appas d'une jeune maîtresse,
Grâce au bouquet d'un vieux vin de Pomard,
Mes sens, domtés par une double ivresse,
Dormaient bercés de maint songe égrillard,
Quand, tout-à-coup, quel affreux cauchemar!...
Sur mes vingt ans appelant la vieillesse,
Pour me punir d'user gaîment mes jours,
Les dieux voulaient en avancer le cours!...
Dieux du printemps, protégez ma jeunesse,
J'ai soif encore et souris aux amours.

7*

Le temps soudain frappe, et plus d'une ride,
A chaque coup, vient sillonner mon front.
Mon vin tarit, et ma beauté perfide,
Qui voit jusqu'où les ravages iront,
De vingt rivaux me prépare l'affront.
Ah! si du moins la divine sagesse,
Pour abréger mes ans, déjà si courts,
Eût des plaisirs emprunté le secours!...
Dieux du printemps, protégez ma jeunesse,
J'ai soif encore et souris aux amours.

Ainsi pleurant les roses de ma vie,
Que flétrissait, hélas! un sort jaloux,
J'entends les chants d'une vive folie :
C'était l'Hymen qui, des nœuds les plus doux,
Allait en pompe enchaîner deux époux.
Mille beautés, brillantes d'allégresse,
Marchaient en ordre, et de riaus atours
Embellissaient leurs gracieux contours....
Dieux du printemps, protégez ma jeunesse,
J'ai soif encore et souris aux amours.

En m'invitant à suivre le cortège,
L'une gaîment me saisit par la main (*) :

(*) On sait que, dans les noces, la mariée a sa demoiselle

Puisqu'une Grâce aujourd'hui me protège,
Dis-je, au banquet où va s'asseoir l'Hymen,
Je vais trinquer au moins jusqu'à demain.
Mais un docteur, qui pour moi craint l'ivresse,
Vient nous prouver, en un grave discours,
Que par la diète on prolonge ses jours...
Dieux du printemps, protégez ma jeunesse,
J'ai soif encore et souris aux amours.

Sa main alors, renversant ma boutèille,
Veut m'arràcher mon verre encor rempli.
Je me récrie, et le bruit me réveille.....
Mais, à mon gré, le songe est accompli ;
Un gai repas sous mes yeux est servi.
D'un couple amant on bénit la tendresse;
Et la beauté, qui m'offrit son secours,
A mes côtés se retrouve toujours.....
Dieux du printemps, protégez ma jeunesse,
J'ai soif encore et souris aux amours.

---

d'honneur : celle-ci avait accepté ma main pendant la cérémonie,
et se trouvait, à table, placée auprès de moi.

Couplets

*Chantés à un repas de la Société Linnéenne
de Paris.*

(Décembre 1824.)

Air *de Préville et Taconnet.*

Vous le savez, dénigrant la science,
Plus d'une fois je l'accusai d'ennui.
Mieux inspiré, grâce à votre éloquence,
De vos leçons quand vous m'offrez l'appui,
Sous vos drapeaux je m'engage aujourd'hui.
D'un doux loisir l'habitude si chère,
D'un tendre amour le charme décevant
Dans mes travaux me troubleront souvent...
Mais des plaisirs adieu troupe légère !
Amour, adieu ! je veux être savant.

8

Pour les bouquins où vous me ferez lire
Si je renonce aux auteurs que j'aimais,
Souffrez au-moins qu'une fois à ma lyre
Je paie encore un tribut de regrets.
La lyre, hélas! eut pour moi tant d'attraits!
Muses, séduit par vos rians mensonges,
Pour vous servir, si je veillai souvent,
Dans un fauteuil je m'endors maintenant.
Venez du-moins vous mêler à mes songes:
Muses, adieu! je vais être savant.

Douce gaîté, ma plus fidèle amie,
Quand le malheur, comme un nuage obscur,
Vient attrister l'horizon de ma vie,
Grâces à toi, bientôt d'un ciel plus pur,
Dans le lointain je vois briller l'azur.
Mais tes leçons paraîtraient indiscrettes.
Des Facultés devenu desservant,
Je dois rider mon front adolescent;
Et, dès demain, je porterai lunettes.
Adieu gaîté! je vais être savant.

Quoi! sans aimer, sans chanter et sans rire,
Il est donc vrai! je dois passer mes jours;

Et, désormais, soumis à votre empire,
Je n'entendrai que de graves discours,
(Qui même encor devront me sembler courts)!...
Ne pouvez-vous, en faveur d'un novice,
Qui près de vous apporte un cœur fervent,
Faire fléchir la règle du couvent,
Et m'épargnant les ennuis de l'office,
Charger vos sœurs de me rendre savant (*)?

Ciel! dois-je ici trouver plus d'un coupable!
Pour la science aujourd'hui quel affront!...
Quand vous souffrez qu'on chante à votre table,
A s'éveiller le rire toujours prompt,
D'un Linnéen a déridé le front!...
A la beauté demandant un sourire,
Quoi! chacun même à l'envi s'égayant,
Chante l'amour, qu'il provoque en buvant!...
Restez, amours, gaîté, joyeuse lyre :
Sans vous quitter je puis être savant.

(*) La Société Linnéenne admet des dames au nombre de ses
membres.

Couplets

POUR LA FÊTE DE MADAME ***.

(Août 1822.)

Air : *Elle aime à rire, elle aime à boire.*

N'en déplaise au livre où l'Église
Des saintes aligne les noms,
On trouverait quelques démons
Parmi celles qu'on canonise.
Mais il en est une chez vous
Que de fêter je me fais gloire.
Elle aime à rire, elle aime à boire,
Elle aime à chanter comme nous.

9

Le ciel ne dit pas ses louanges;
Mais ici nous la bénissons,
Et la gaîté de nos chansons
Vaut bien un cantique des anges.
Du latin qu'on chante à genoux
Elle goûte peu le grimoire.....
Elle aime à rire, elle aime à boire,
Elle aime à chanter comme nous.

Pourtant son cœur n'est pas impie :
Du ciel adorant les desseins,
Pour qu'il mûrisse les raisins,
Parfois sous la treille elle prie.
Le plaisir est un dieu si doux :
Pourrait-elle en lui ne pas croire?
Elle aime à rire, elle aime à boire,
Elle aime à chanter comme nous.

L'Aï qui pétille sans cesse
Est l'image de son esprit;
Et de nos vins, qu'elle tarit,
Sa gaîté remplace l'ivresse.
Sa voix, pour charmer tous nos goûts,
Chante l'amour, le vin, la gloire.

Elle aime à rire, elle aime à boire,
Elle aime à chanter comme nous.

Bien chanter, bien boire et bien rire,
Amis, quels talens précieux
Du plaisir ministres joyeux,
Ils nous font aimer son empire.
Comme elle les réunit tous,
Chacun lui cède la victoire.
Oui, mieux que nous elle sait boire,
Et rire et chanter mieux que nous.

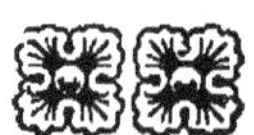

Le Commis.

Couplets chantés à un dîner d'amis, après mon entrée dans les bureaux du ministère de l'intérieur, sous M. de Corbière.

(Août 1825.)

Air : *Halte là !*

Vous qu'en ce joyeux asile
Le plaisir vient rassembler,
Du bagne où le sort m'exile
Vous daignez me rappeler.
Mais l'amitié qui m'entraîne,
Chez vous en vain m'a fêté :
Je porte avec moi la chaîne
Qui captive ma gaîté.
　　Mes amis, (*bis.*)
Songez que je suis commis !

Oui, d'un ministre qui m'aime
Véritable enfant gâté,
J'obtins, par faveur extrême,
Un brevet...... de pauvreté.
D'argent il nous donne à peine
Ce que nous coûte l'amour,
Sans doute afin qu'on ne prenne
Des maîtresses qu'à la cour.
  Mes amis, (*bis.*)
Plaignez-moi : je suis commis !

Au fond des mêmes retraites
Où l'ennui vient m'assiéger,
La muse des chansonnettes
A visité Béranger (*).
Un jour Sainte-Pélagie
L'enferma sous ses barreaux.
Depuis ce temps le génie
N'entre plus dans les bureaux.
  Mes amis, (*bis.*)
Croyez-m'en : je suis commis !

(*) Tout le monde sait que Béranger, lorsqu'il publia ses pre-
mières chansons, était employé dans un ministère.

Des amis du ministère
Bien qu'on raille l'appétit,
Sans rougir je tends mon verre
Au voisin qui le remplit.
Quoi qu'en disent maints tartuffes,
Mon goût n'a rien de suspect :
Pour le champagne et les truffes,
Par état, j'ai du respect.
    Mes amis,   (*bis.*)
Servez-m'en : je suis commis !

Mais quand vous ferez entendre
Des couplets francs et joyeux,
Messieurs, n'allez pas m'apprendre
Des refrains séditieux.
Pour moi, quel accueil sinistre,
Si j'allais, sans y songer,
Dans un rapport au ministre,
Fourvoyer du Béranger.
    Mes amis,   (*bis.*)
Taisons-nous : je suis commis !

Couplets

CHANTÉS A UN DÎNER D'UNE CONFÉRENCE POLITIQUE.

(Août 1827.)

Air : *T'en souviens-tu ?*

Peu fait, hélas! pour le trouble et la guerre,
Et par régime aimant l'obscurité,
Je craignais bien d'avoir, à la légère,
Dans vos débats engagé ma gaîté.
Mais aujourd'hui votre aimable sagesse
Du plaisir seul accueille les discours :
Oui, près de vous, à ma douce paresse
Le ciel encor garde quelques beaux jours.

Rions, amis; et si la destinée
N'ouvre à nos pas qu'un pénible chemin,
Sachons du-moins égayer la journée
Avec l'espoir d'un plus doux lendemain.
Mille fléaux épouvantent le monde :
Mais leur fureur ne dure pas toujours ;
Et même aux lieux où le tonnerre gronde
Le ciel encor garde quelques beaux jours.

Le sang des Grecs coule encor sur des chaînes ;
Mais Dieu bénit l'esclave révolté.
En vain le Turc insulte aux murs d'Athènes :
Sous leurs débris germe la liberté.
Pour les tyrans, alors qu'il les caresse,
Souvent le sort a de sanglans retours...
Rassurons-nous : aux héros de la Grèce
Le ciel encor garde quelques beaux jours.

Quand la Raison, promulguant ses oracles,
De l'univers éclaire le réveil,
Nos Josués, fertiles en miracles,
Se sont promis d'arrêter le soleil.
Qu'à Rome un bref décrète l'ignorance :
Chez nos prélats dût-il même avoir cours,

Sifflons les sots! à notre belle France
Le ciel encor garde quelques beaux jours.

Oui, désormais exempts de craintes vaines,
Buvons gaîment à notre liberté.
Mais s'il fallait enfin porter des chaînes,
Tendons les mains aux fers de la beauté.
Loin d'en rougir, aimant notre défaite,
Replions-nous sous l'aile des amours:
Au prisonnier même d'une coquette,
Le ciel encor garde quelques beaux jours.

La Veillée.

A Madame MURIEL, *ma belle-mère, près du lit
de laquelle nous nous réunissions tous les soirs,
durant sa maladie.*

(Mars 1825.)

Air *des Chevilles de Maître Adam.*

Un sort jaloux, qui se nourrit de larmes,
Vient nous punir de quelques jours heureux.
Mais, sans frapper répandant les alarmes,
Il lui suffit d'avoir troublé nos jeux.
Sur votre esprit une sombre tristesse
Voudrait en vain jeter son voile noir :
Pour l'éloigner chacun de nous s'empresse,
Et nul ne manque au rendez-vous du soir.

12

Pas n'est besoin de la triste ordonnance
D'un froid docteur qui vous vend ses discours :
Pour la calmer, égayons la souffrance,
Et des refrains empruntons le secours.
La Faculté, de ces lieux exilée,
Va désormais faire place à l'espoir,
Si la Gaîté, par nos chants rappelée,
Sous vos rideaux peut s'abriter le soir.

Joyeux conteur de piquantes folies,
L'un d'entre nous (*), pour charmer vos soucis,
De son esprit aiguisant les saillies,
Enfantera quelques nouveaux récits.
Prêtant l'oreille à ses rians mensonges,
Du souvenir invoquez le pouvoir;
Et grâce à lui, comptant sur d'heureux songes,
Dormez, dormez, lorsque viendra le soir.

Des esprits forts plaignant la maladie,
Je crois un Dieu qui servit mes amours;
Dieu de bonté, fidèle à qui le prie,
De tous les maux il peut guérir vos jours.

(*) Mon ami Achille FERRY, qui raconte avec beaucoup de
charme une foule d'anecdotes très-gaies.

Mais d'un prélat dont la ferveur sommeille,
Ne réclamez l'inutile encensoir :
Dormez, dormez, et l'amitié qui veille,
Fera pour vous la prière du soir.

Bientôt nos bords, couronnés de verdure,
Verront briller le soleil du printemps.
Son doux éclat ranimant la nature,
Va rendre aussi la chaleur à vos sens.
Sur votre sort l'amitié rassurée
A ce chevet ne viendra plus s'asseoir ;
Mais puissiez-vous, de vos maux consolée,
Avoir regret aux entretiens du soir.

Le Cas de conscience.

A une Dame que j'appelais ma belle-sœur, et qui m'avait demandé une chanson pour son Album.

(Février 1826.)

Air : *Tout le long de la rivière.*

Dé moi vous voulez un couplet :
Prompt à faire ce qui vous plaît,
Vîte à vous chanter je m'apprête ;
Et puis, galant comme un poète,
J'allais vous dire une douceur.
Mais vous êtes ma belle-sœur !...
Or, mon esprit, et prudent et modeste,
Craint en vous chantant de commettre un inceste ;
Oui, je crains de commettre un inceste !

N'en riez pas : pour le péché
Le diable a plus d'un débouché.
On se damne en vers comme en prose ;
Et le monde, qui toujours glose,
Dans le vers le plus délicat
Peut voir un horrible attentat.
Or, mon esprit, et prudent et modeste,
Craint en vous chantant de commettre un inceste ;
Oui, je crains de commettre un inceste !

Mais ne peut-on, sans faire mal,
Peindre un esprit original,
Vanter vos talens en musique,
Si vous les mettiez en pratique,
Et dire que, tous les six mois,
Les crayons noircissent vos doigts ?...
Non, mon esprit, et prudent et modeste,
Craint en vous chantant de commettre un inceste ;
Oui, je crains de commettre un inceste !

D'autres pourront, sans nul danger,
De vers, d'hommages vous charger.
Qu'ils aient l'art de vous satisfaire !
Mais moi, voyez la belle affaire

Si, pour vous payer mon tribut,
J'allais exposer mon salut !
Non, mou esprit, et prudent et modeste,
Craint en vous chantant de commettre un inceste ;
Oui, je crains de commettre un inceste !

Or, cessez, fille du démon,
De tenter mon chaste Apollon.
Songez que, pour toute la vie,
Un fil nous sépare et nous lie.
Dos à dos nous sommes cousus....
Mais chut ! c'en est trop là-dessus ;
Et mon esprit, et prudent et modeste,
Craint d'avoir, hélas ! déjà commis l'inceste ;
Oui, je crains d'avoir commis l'inceste !

Le Vieillard et la Grisette.

(Janvier 1829.)

Air : Taisez-vous ! (d'Amédée de Beauplan.)

J'ai soixante ans ; et vous, Lisette,
Dont l'âge appelle un jeune époux,
Avec moi vous êtes coquette,
Et vous me faites les yeux doux ! (*bis.*)
De vingt amans quand la tendresse
En tous lieux assiége vos pas,
Dédaignant leur vive jeunesse,
Au vieillard vous tendez les bras...
Taisez-vous ! (*bis*) je ne vous crois pas,
Non, non, non, je ne vous crois pas.

Je sais qu'en plus d'une famille
On vanta mes exploits galans.
J'en conviens, j'étais un bon drille;
Mais voilà bientôt quarante ans. (*bis.*)
Si je forçai mainte cruelle
A mettre jadis armes bas,
Pour séduire encore une belle,
Je compte peu sur mes appas.....
Taisez-vous ! (*bis*) je ne vous crois pas,
Non, non, non, je ne vous crois pas.

A vos sermens doux et perfides,
Toujours prompte à donner l'essor,
Vous me jurez, malgré mes rides,
Que je vous parais jeune encor. (*bis.*)
Moi jeune ! Hélas! chacun en doute :
J'y croirais pourtant sans débats,
Si je n'avais, outre la goutte,
Un rhumatisme à chaque bras.
Taisez-vous ! (*bis*) je ne vous crois pas,
Non, non, non, je ne vous crois pas.

La vieillesse est simple et crédule ;
La beauté nous trompe aisément ;

D'un galant vieux et ridicule
On peut s'égayer un moment. (*bis.*)
Pour abuser de la victoire,
Cessez de me tendre vos laçs.
A votre amour si j'allais croire,
Du mien vous vous ririez tout bas.
Taisez-vous ! (*bis*) je ne vous crois pas,
Non, non, non, je ne vous crois pas.

Enfin, Lise, il faut tout vous dire :
Par excès d'amour, je pourrais,
De bijoux et d'un cachemire,
Parer vos séduisans attraits. (*bis.*)
Mais ces dons qu'offre la richesse,
Touchent peu les cœurs délicats :
Pour votre naïve tendresse,
Mon or serait un embarras.....
Taisez-vous ! (*bis*) je ne vous crois pas,
Non, non, non, je ne vous crois pas.

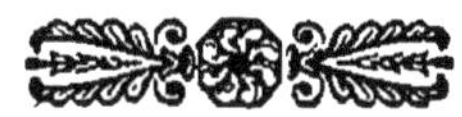

Couplets

CHANTÉS A LA NOCE DE MON AMI ACHILLE FERRY.

(Juin 1825.)

Air : *Ah ! si Madame me voyait.*

Eh quoi ! lassé d'être garçon,
C'en est donc fait, tu te maries !
Plus d'aimables galanteries ;
L'amour n'est plus ton échanson ;
Adieu Lisette, adieu Suzon ! . . . .
Je ne veux pas mettre en querelles
Deux époux, un jour de gala ;
Mais sur lui j'en dirais de belles. . .
Si Madame n'était pas là !

14

Au plaisir consacrant ses jours,
A Cythère il fit maint voyage ;
Et par goût, léger et volage,
Gaîment il voyagea toujours,
Porté sur l'aile des amours.
Quand plus d'une beauté sensible,
Sans le fixer, pour lui brûla,
Je croirais la chose impossible.....
Si Madame n'était pas là.

Mais d'un feu nouveau transporté,
Hier, en secret, il me confie
Qu'aujourd'hui même il se marie,
Épris d'une jeune beauté,
Qui joint la grâce à la bonté.
De fleurs déjà l'amour la pare,
En comptant les attraits qu'elle a.
Je dirais ce qu'il lui prépare.....
Si Madame n'était pas là.

Vainement un esprit chagrin
Médit encor du mariage :
Sur la foi d'un plus doux présage,
Gaîment au souffle du destin
Livrons la barque de l'hymen.

Pourtant, quand le départ s'apprête,
En quittant l'ami que voilà,
Mon âme serait inquiète,
Si Madame n'était pas là.

Couplets

ÉCRITS SUR L'ALBUM DE MADEMOISELLE ***.

(Avril 1825.)

Air *du Vaudeville de la Somnambule.*

Sur cet Album que le crayon d'Appelle
Vient disputer au luth d'Anacréon,
Quoi! vous voulez qu'à Thémis infidèle,
En votre honneur j'inscrive aussi mon nom.
Pour inspirer des chants dignes de plaire,
Sans doute en vous mille attraits sont offerts;
Mais la raison m'ordonne de me taire.
Hélas! pourquoi demandez-vous des vers.

15

Apprenez donc qu'ici-bas la Folie
A pour suppôts les Muses et l'Amour.
Par eux, un jour, ma jeunesse assaillie
Entend ces mots : « Aime et chante à ton tour ».
Dieu, par pitié pour une âme débile,
Ne m'imposa qu'un seul de ces travers.
En profiter vous eût été facile.....
Hélas ! pourquoi demandez-vous des vers ?

Au temps heureux où la voix du Génie,
Libre en ses chants, célébrait la beauté,
Vous deviez naître aux rives d'Italie :
Pour vous alors Pétrarque aurait chanté.
Mais, de nos jours, quand des rois qu'on abuse,
A nos chansons mêlent le bruit des fers,
Des doux refrains j'ai vu s'enfuir la muse.
Hélas ! pourquoi demandez-vous des vers ?

Chez nous pourtant une muse est restée (*);
Mais, déjà vieille au temps de nos aïeux,
D'un culte éteint fille déshéritée,
D'Athène encore elle invoque les Dieux.

(*) La muse classique était en grand honneur dans la société.

Pour vous chanter, interrogeant la Grèce ,
Elle peindra Vénus sortant des mers.....
Sans y gagner, vous deviendrez Déesse.
Hélas! pourquoi demandez-vous des vers?

De la moisson l'espérance est trop vaine,
Aux grains d'autrui lorsqu'il faut recourir.
A d'autres soins ne livrez un domaine
Que de vos mains vous pouvez embellir.
Votre crayon, taillé par une Grâce,
Peut enfanter mille tableaux divers.
Moi, sans l'orner, j'usurperais la place.
Hélas! pourquoi demandez-vous des vers?

De notre vie un album est l'image :
Chaque feuillet au ciel nous est compté.
N'en perdez pas, et pour un doux usage ,
Ménagez bien ce qui vous est resté.
Par les beaux-arts si la page est remplie,
Aux amours seuls consacrez le revers.
Ils suffiront à charmer votre vie.
Hélas! pourquoi demandez-vous des vers?

Mon Mariage.

Air : *Amis, voici la riante semaine.*

Vous la savez, amis, cette nouvelle
Qui m'a surpris, hélas! autant que vous?
Moi, que l'amour parfois trouva rebelle,
L'Hymen m'enrôle au nombre des époux.
A ce banquet, où nous a vus l'aurore,
La nuit pourtant nous surprend verre en main :
Trinquons gaîment, amis, trinquons encore;...
Mais hâtons-nous, car j'épouse demain.

Il vous souvient de ces folles orgies,
Où le plaisir nous a vingt fois lassés?

Là, trop souvent, sur nos tables rougies,
Le vin coulait de nos verres brisés !...
C'est un abus qu'ici mon cœur déplore :
Avec respect traitons un verre plein.
J'ai la main sûre : amis, versez encore ;...
Mais hâtons-nous, car j'épouse demain.

Dans nos desserts je crois encore entendre
Ces gais couplets, que les moins égrillards,
Dès le collége, avaient eu soin d'apprendre.
Mais j'en rougis : ils étaient si gaillards !...
A Laïs même (et ce trait vous honore),
Vous n'eussiez pas répété le refrain.
Chantons pourtant, oui, chantons-les encore ;...
Mais hâtons-nous, car j'épouse demain.

Sans m'enchaîner, l'amour d'une grisette
Me captiva, tant que je fus garçon.
Qu'ils étaient vifs les yeux noirs de Lisette !
Qu'ils étaient doux les yeux bleus de Suzon
Mes premiers ans alors venaient d'éclore,
Et des plaisirs j'essayais le chemin...
De mes exploits, amis, parlons encore ;...
Mais hâtons-nous, car j'épouse demain.

Faut-il pourtant l'avouer à ma honte?...
De la folie, enfant abandonné,
Avec l'amour j'eus bien long-temps un compte ;
Mais pour l'hymen je crois que j'étais né.
Contre ses nœuds votre gaîté m'implore,
Et déjà même aiguise un trait malin.
Pour m'effrayer, amis, raillez encore ;...
Mais hâtez-vous, car j'épouse demain.

Dans le repos lorsqu'enfin je vais vivre,
Livrez vos cœurs à d'inconstans désirs.
Moi, sans regret, je renonce à vous suivre :
Pour le bonheur je quitte les plaisirs.
Vivez joyeux !.... Mais l'ombre s'évapore,
Et du matin les premiers feux ont lui :
Vos bras en vain me retiennent encore ;...
Amis, adieu, car j'épouse aujourd'hui.

Couplets

Chantés à un repas de la Conférence politique,
dont les séances se tenaient au PRADO.

(Août 1828.)

Air : *Tout le long de la rivière.*

POUR rendre ses desserts complets,
La France inventa les couplets.
Cet usage, cher à nos pères,
De nos jours ne fleurit plus guères :
Pourtant, puisqu'on boit mieux après,
Chantons des refrains faits exprès.
Mais si pour vous j'interroge ma muse,
Amis, croyez-vous que cela vous amuse?
Croyez-vous que cela vous amuse?

Je vois que partout aujourd'hui,
Ici-bas, chacun meurt d'ennui.
Tout est guindé, tout est de glace ;
Le rire n'est qu'une grimace ;
On s'est lassé du carnaval,
Et l'Opéra devient moral.
De chaque nymphe on fait une recluse... (*)
Amis, croyez-vous que cela les amuse ?
Croyez-vous que cela les amuse ?

Oui, l'ennui gagnant chaque jour,
On bâille à la ville, à la cour ;
On bâille dans les audiences ;
On bâille dans les conférences ;
Dans les deux Chambres, en été,
Tout bâille, pair ou député ;
Et ces messieurs que *de Pompière* accuse,
Amis, croyez-vous que cela les amuse ?
Croyez-vous que cela les amuse ?

Nos ventrus savaient s'égayer :
La France n'en veut plus payer.

(*) On n'a pas oublié les réformes éminemment morales que
M. Sosthène de Larochefoucault avait introduites à l'Académie
oyale de musique.

Le grand cuisinier politique,
Délaissé par mainte pratique,
Grâce à nos électeurs mutins,
Pleure sur ses fourneaux éteints.
De gens si gras lorsque l'embonpoint s'use,
Amis, croyez-vous que cela les amuse ?
Croyez-vous que cela les amuse ?

Au *Prado*, riche en beaux talens,
Nous parlons bien, mais trop long-temps.
Quand l'un de nous, d'humeur bavarde (*),
Prend la parole, et puis la garde ;
S'il parle à lui seul plus que tous,
Je voudrais que chacun de nous
Pût lui crier, sans demander excuse :
L'ami, croyez-vous que cela nous amuse ?
Croyez-vous que cela nous amuse ?

Mais la soif gagne mon palais,
Et je termine ces couplets.

(*) Allusion à l'un de nos orateurs, qui, après avoir occupé la tribune pendant une séance toute entière, nous disait naïvement qu'il regrettait que l'heure avancée ne lui permit pas de développer suffisamment ses idées.

Me voici, je crois, au sixième :
J'en pourrais bien faire un septième;
Même, entre nous je vous le dis,
Je pourrais aller jusqu'à dix.....
De vos momens il se peut que j'abuse;
Mais, moi, croyez-vous que ma chanson m'amuse ?
Croyez-vous que ma chanson m'amuse ?

Marchons toujours !

Couplets chantés au dîner offert par une Société philosophique, dont j'étais membre, à M. GILBERT, son doyen d'âge.

(Décembre 1828.)

Air *du Dieu des bonnes gens.*

QUAND, pour peupler des cieux le vide immense,
Dieu de créer se sentit le besoin,
Des élémens modérant la puissance,
Il leur cria : « Vous n'irez pas plus loin ! »
Puis, quand du doigt mesurant leurs orbites,
Des mondes même il eut borné le cours,
A l'homme il dit : « Pour toi, point de limites ;
   » Marche, marche toujours ! »

Marchons, amis : c'est la loi de notre âge ;
Mais tous, unis d'une sainte amitié,
Pour mieux braver les hasards du voyage,
Sachons du-moins le faire de moitié.
Si l'un de nous aux fatigues succombe,
Prêtons-lui tous un utile secours;
Guidons ses pas; relevons-le s'il tombe :
      Marchons, marchons toujours !

Veilles, travaux, ah! que rien ne nous coûte.
Espérons tout : un vertueux humain,
Bien plus que nous avancé dans la route,
S'arrête un peu pour nous tendre la main.
D'un regard sûr il mesure l'espace,
Et peut au but nous guider sans détours.
Avec ardeur élancés sur sa trace,
      Marchons, marchons toujours !

Des esprits-forts laissons gronder la foule ;
Ils nous diront : « L'homme n'avance pas ;
» Et trop semblable à son globe qui roule,
» Tournant sans cesse, il revient sur ses pas ».
Avant d'atteindre aux voûtes éternelles,
Le papillon vit caché quelques jours ;

On croit qu'il dort : il enfante ses ailes !
Marchons, marchons toujours !

Songeons pourtant que trop d'ardeur égare.
Jusqu'en la nue allant chercher les Dieux,
Maint philosophe eut le destin d'Icare :
C'est ici-bas qu'est le secret des cieux.
De l'avenir pour percer le mystère,
Oui, la raison vient à notre secours ;
L'instinct nous guide et la foi nous éclaire :
Marchons, marchons toujours !

Mais notre esprit, au-delà des étoiles
D'un vol plus libre à la fin transporté,
Un jour, amis, verra, pure et sans voile,
Dans son éclat briller la vérité.
Des temps d'erreurs déjà brisant l'idole,
Un nouveau siècle a commencé son cours ;
Et Dieu pour l'homme a redit sa parole
« Marche, marche toujours ! »

Le Diable.

(Août 1828.)

Air *du Méléagre champenois.*

Que tout roussisse !
Que tout rôtisse !
Réveillez-vous ! et chaud ! chaud ! ventrebleu !
Que tout roussisse !
Que tout rôtisse !
Soufflez, canaille, et faites-moi bon feu !

Ainsi chantait, en jurant comme un moine,
Le noir Satan à de gais diablotins
Qui, fatigués de griller un chanoine,
Ronflaient un soir près des brasiers éteints.

19

Que tout roussisse!
Que tout rôtisse!
Réveillez-vous! et chaud! chaud! ventrebleu!
Que tout roussisse!
Que tout rôtisse!
Soufflez, canaille, et faites-moi bon feu!

Corbleu! dit-il, partout la flamme est morte!
(Et son regard vient de la rallumer...)
Maudits vauriens, le diable vous emporte!
Je suis frileux, et je vais m'enrhumer.

Que tout roussisse!
Que tout rôtisse!
Réveillez-vous! et chaud! chaud! ventrebleu!
Que tout roussisse!
Que tout rôtisse!
Soufflez, canaille, et faites-moi bon feu!

Près des bûchers qu'en Espagne on admire,
S'il faut aller me chauffer cet hiver,
Vous sentez bien qu'au nez on va me rire,
Quand je dirai que l'on gèle en enfer!

Que tout roussisse!
Que tout rôtisse!
Réveillez-vous! et chaud! chaud! ventrebleu!
Que tout roussisse!
Que tout rôtisse!
Soufflez, canaille , et faites-moi bon feu!

De ces fourneaux attisez bien la flamme:
Un vieux ministre est à ses derniers jours;
Et si plus tôt il n'a pas rendu l'âme,
C'est que pour rendre il batailla toujours.

Que tout roussisse!
Que tout rôtisse!
Réveillez-vous! et chaud! chaud! ventrebleu !
Que tout roussisse!
Que tout rôtisse!
Soufflez, canaille, et faites-moi bon feu!

Pour un préfet quelle étrange disgrâce!
Chassé du ciel avec des ris moqueurs,
Chez les élus il n'obtient pas de place,
Pour avoir fait jadis trop d'électeurs!

Que tout roussisse!

Que tout rôtisse!

Réveillez-vous! et chaud! chaud! ventrebleu!

Que tout roussisse!

Que tout rôtisse!

Soufflez, canaille, et faites-moi bon feu!

Dieu soit loué! du sacerdoce en France

A commencé la persécution (*).

Dans leur palais, deux martyrs d'importance

Sont morts hier d'une indigestion.

Que tout roussisse!

Que tout rôtisse!

Réveillez-vous! et chaud! chaud! ventrebleu!

Que tout roussisse!

Que tout rôtisse!

Soufflez, canaille, et faites-moi bon feu!

(*) On se rappelle qu'à la publication des ordonnances du 2i
avril et du 16 juin 1828, dirigées contre les jésuites, nos évêques,
si richement dotés par l'État, soutinrent sérieusement que l'Eglise
de France était persécutée, et se proclamèrent martyrs.

Oui, soyons gais! Jamais pour mon empire,
Dans le passé, de plus beaux jours n'ont lui!
On se sauvait jadis par le martyre ;
Par le martyre on se damne aujourd'hui.

Que tout roussisse !
Que tout rôtisse !
Réveillez-vous! et chaud! chaud! ventrebleu !
Que tout roussisse !
Que tout rôtisse !
Soufflez, canaille, et faites-moi bon feu !

Point de pitié pour les gens à soutane !
Embrochez bien tous les nouveaux venus.
D'un air suspect, j'en ai vu, Dieu me damne !
Rôder autour de mes diablotins nus !

Que tout roussisse !
Que tout rôtisse !
Réveillez-vous! et chaud! chaud! ventrebleu!
Que tout roussisse !
Que tout rôtisse !
Soufflez, canaille, et faites-moi bon feu !

Bref, par le feu si l'âme est épurée,
Quand vont venir maints députés ventrus,
Pairs bien dotés, courtisans en livrée,
Soufflez, enfans, et deux fagots de plus.

Que tout roussisse!
Que tout rôtisse!
Réveillez-vous! et chaud! chaud! ventrebleu!
Que tout roussisse!
Que tout rôtisse!
Soufflez, canaille, et faites-moi bon feu!

Eloge de M. de La Bourdonnaye,

MINISTRE DE L'INTÉRIEUR.

(Octobre 1829.)

Air : *Gai ! gai ! mariez-vous.*

Gai ! gai ! joyeux ventrus,
Fêtons notre nouveau maître !
Hâtons-nous, car peut-être
Demain il n'y sera plus.

Chez lui puisque j'ai dîné,
Oui, dût-on m'appeler cuistre,
Je veux chanter le ministre
Que le Roi nous a donné.

Gai! gai! joyeux ventrus,
Fêtons notre nouveau maître!;
Hâtons-nous, car peut-être
Demain il n'y sera plus.

Aux yeux de qui la connaît,
Son Excellence, peu fière,
Joint la grâce de Corbière
Au bon ton de Peyronnet.

Gai! gai! joyeux ventrus,
Fêtons notre nouveau maître!
Hâtons-nous, car peut-être
Demain il n'y sera plus.

Il proscrit les vers nouveaux
Qu'applaudirait le parterre;
Mais sa belle circulaire (*)
Suffit bien à nos bravos.

(*) La circulaire du 10 octobre 1829, dans laquelle M. de
La Bourdonnaye poussait si loin la haine des théâtres et l'amour
de la censure, qu'il allait jusqu'à interdire même les parades
des paillasses et des polichinelles, qui n'auraient point été préa-
lablement soumises à l'examen des autorités locales et approu-
vées par elles.

Gai! gai! joyeux ventrus,
Fêtons notre nouveau maître !
Hâtons-nous, car peut-être
Demain il n'y sera plus.

La tribune est son tréteau ;
Mais tout rival le tracasse :
Sur les lazzis de Paillasse,
Aussi met-il son *veto*.

Gai! gai! joyeux ventrus,
Fêtons notre nouveau maître !
Hâtons-nous, car peut-être
Demain il n'y sera plus.

Désormais nul ne pourra
Ni dire de babioles ,
Ni faire de cabrioles,
Que celles qu'il permettra.

Gai! gai! joyeux ventrus,
Fêtons notre nouveau maître !
Hâtons-nous, car peut-être
Demain il n'y sera plus.

Grâce à sa précaution,
Nous le verrons, sans surprise,
Mettre au bas d'une bêtise :
Vú pour approbation.

Gai! gai! joyeux ventrus,
Fêtons notre nouveau maître !
Hâtons-nous, car peut-être
Demain il n'y sera plus.

Ce que je ne conçois plus,
C'est qu'en jacobin rebelle,
Il traite Polichinelle,
Patron des rois absolus.

Gai! gai! joyeux ventrus,
Fêtons notre nouveau maître !
Hâtons-nous, car peut-être
Demain il n'y sera plus.

Mais puisqu'il tient table enfin,
Vendons-nous à son système:
S'il le faut, donnons-lui même
La Charte pour pot-de-vin.

Gai! gai! joyeux ventrus,
Fêtons notre nouveau maître!
  Hâtons-nous, car peut-être
Demain il n'y sera plus.

Moi, pour devenir commis
De ce ministre adorable,
Je vais, en sortant de table,
Vous dénoncer, mes amis.

  Gai, gai! joyeux ventrus,
Fêtons notre nouveau maître !
  Hâtons-nous, car peut-être
Demain il n'y sera plus.

Venez ici !

Couplets chantés à la fête d'André MARCHAIS, *mon beau-frère, Accoucheur.*

(Novembre 1829.)

Air : *Comme il m'aimait !*

VENEZ ici !   (*bis.*)
Amis d'une chanson bien faite ,
Venez ici !   (*bis.*)
En l'honneur du Saint que voici ,
J'ai pensé qu'il serait honnête
D'accoucher d'un couplet de fête...
Venez ici !   (*bis.*)

Venez ici !   (*bis.*)
Bons amis, que son cœur préfère ,
Venez ici !   (*bis.*)
Et vous qu'il aime bien aussi,
Champagne, Bordeaux et Madère,
Il va vous verser à plein verre.
Venez ici !   (*bis.*)

Venez ici !   (*bis.*)
Femmes d'esprit sans pruderie,
Venez ici !   (*bis.*)
Vous qui préférez, Dieu merci !
La franchise à la flatterie,
Eût-elle un peu de brusquerie.
Venez ici !   (*bis.*)

Venez ici !   (*bis.*)
Fillette dont le cœur palpite ,
Venez ici !   (*bis.*)
Si l'amour vous a dit : merci !
Du trouble, hélas! qui vous agite ,
Pour savoir la cause et la suite,
Venez ici !   (*bis.*)

Venez ici! (*bis.*)
Jaloux qu'un soupçon désespère,
Venez ici! (*bis.*)
Par son art tout est éclairci.
S'il doute quelquefois du père,
Il est du-moins sûr de la mère.
Venez ici! (*bis.*)

Venez ici! (*bis.*)
Vous que l'hymen en vain réclame,
Venez ici ! (*bis.*)
Vieux célibataire endurci.
Jugez si c'est une bonne âme:
Il se trouve heureux d'avoir femme.
Venez ici! (*bis.*)

Venez ici! (*bis.*)
Parens, amis, troupe complette,
Venez ici! (*bis.*)
Au mot d'ordre que j'ai choisi :
Franche amitié, gaîté parfaite,
Pour qu'il sente que c'est sa fête,
Venez ici ! (*bis.*)

Résignez-vous !

A MADEMOISELLE ***.

(Juillet 1826.)

Vous que le ciel combla de grâces,
Eh quoi ! vous l'accusez toujours !
Quand le plaisir naît sur vos traces,
L'ennui dévore vos beaux jours !
Ah ! peut-être, hélas ! qu'inhumaine,
D'amans pleurans à vos genoux,
Vous avez dédaigné la peine.
Dieu vous punit : résignez-vous !

Si les chants que la joie inspire
Pouvaient calmer votre tourment,

Je chanterais ; et cependant
Je ne voudrais pas vous voir rire.
Vos yeux, où brille un feu si doux,
Gagnent à la mélancolie :
Si l'ennui vous rend plus jolie,
C'est peu de mal : résignez-vous !

A s'envoler votre âme aspire.
Lasse d'hommages importuns,
La fleur aussi veut que Zéphire
Au ciel emporte ses parfums.
Mais Dieu, lorsqu'il la fait éclore,
La condamne à briller pour nous.
Comme elle, quelques jours encore,
Il faut charmer : résignez-vous !

Rêverie.

(Mars 1830.)

Quand le soleil de mars, le long de ma croisée,
Glisse ses rayons d'or qui viennent m'éblouir,
A sa douce chaleur je sens s'épanouir
    Mon âme par l'hiver glacée.
Alors, comme en sa graine un germe prisonnier,
La pensée en mon cœur fermente et veut éclore.
Par des canaux secrets un philtre que j'ignore
Circule, et mon cerveau, qu'il remplit tout entier,
Se brise avec effort à ce moment suprême,
Où le vers inspiré s'enfante de soi-même.....
Mais quand la fleur jaillit de son calice ouvert,
Souvent, dans le travail qui lui donna la vie,
Épuisée, en naissant elle tombe flétrie ;
Et lorsque ses débris souillent le gazon vert,
Pour les jeter au vent quelqu'enfant les ramasse ;
    Et la jeune fille qui passe
Ne saura pas, hélas ! qu'elle fût seulement,
Ni ne s'en parera pour plaire à son amant.

Le vingt-neuf Juillet.

(1.er août 1830.)

Air *du Vieux Drapeau.*

GLOIRE à vous, troupe citoyenne!
Votre bras ne s'est pas trompé.
Honneur! car vous avez frappé
Comme Dieu, sans crainte et sans haine.
Calmes en vengeant vos malheurs,
Justes même envers le parjure,
Vous avez su conserver pure
La gloire de nos trois couleurs! (*bis.*)

(CHOEUR.)

Amis, conservons toujours pure
La gloire de nos trois couleurs!

Ils s'étaient dit dans leur folie :
« Pour le maintien de notre rang,
» Il faut retremper dans leur sang,
» Du trône la pourpre vieillie ».
De ces sacriléges fureurs
Un seul jour a puni l'injure....
Vous avez su conserver pure
La gloire de nos trois couleurs. (*bis.*)

(CHOEUR.)

Amis, conservons toujours pure
La gloire de nos trois couleurs !

Cette cour, qui de ses victimes
Calomniait l'humble vertu,
Fuyant sans avoir combattu,
Par un vol complette ses crimes.
Vous, à vos lâches oppresseurs
Ne ravissant que leur armure,
Vous avez su conserver pure
La gloire de nos trois couleurs. (*bis.*)

(CHOEUR.)

Amis, conservons toujours pure
La gloire de nos trois couleurs !

Vaincus, ils frémissent de rage ;
Ils maudissent, quoique chrétiens,
Votre vertu de citoyens,
Plus encor que votre courage.
A vos drapeaux, ainsi qu'aux leurs,
Ils voudraient voir une souillure...
Mais vous avez conservé pure
La gloire de nos trois couleurs. (*bis.*)

(CHOEUR.)

Amis, conservons toujours pure
La gloire de nos trois couleurs !

Redoutez d'obscures manœuvres,
Songez qu'il est de faux amis.....
Trompez leurs complots ennemis,
Et restez grands comme vos œuvres.
Déjà vous avez des flatteurs :
Mais votre cœur noble en murmure ;
Et vous saurez conserver pure
La gloire de nos trois couleurs. (*bis.*)

(CHOEUR.)

Amis, conservons toujours pure
La gloire de nos trois couleurs !

A Béranger,

APRÈS LES JOURNÉES DE JUILLET.

(12 Août 1830.)

Air *du Carnaval.*

La Liberté nous convoque à sa fête :
Tous ses enfans embrassent ses drapeaux ;
O Béranger ! toi notre vrai poète,
Reprends ton luth : sors d'un trop long repos.
Tes refrains seuls nous disent notre histoire,
Et, même après les plus nobles combats,
Nous douterions, je crois, de notre gloire,
Si Béranger ne la célébrait pas.

Les fiers accens de notre Marseillaise
Du peuple encore ont ranimé la voix ;
Mais il demande à ta muse française
Des chants nouveaux pour de nouveaux exploits.
Entends, entends la France qui te prie !
Quel citoyen, au sein de nos débats,
Reconnaîtrait l'appel de la patrie,
Si Béranger ne lui répondait pas ?

Peins-nous surtout ce peuple magnanime
Par notre orgueil trop long-temps outragé :
En nous sauvant, son dévoûment sublime
De nos dédains l'a dignement vengé.
Mais que de sang a coûté la victoire !
Veuves, enfans, pleurant d'affreux trépas,
De ce grand jour maudiraient la mémoire,
Si Béranger ne les consolait pas.

D'un vers sanglant poursuis, sans faire grâce,
Ces rois déchus, ces courtisans pervers ;
Va, ne crains pas d'outrager leur disgrâce :
La vertu seule ennoblit les revers.
Ces vils tyrans, dans leur fuite lointaine,
Par nous sauvés, malgré leurs attentats,

Croiraient, grands dieux! avoir prescrit leur peine,
Si Béranger ne les flétrissait pas.

En d'autre temps, si ta muse attendrie
Nous fit pleurer l'oubli des trois couleurs,
En revoyant sa bannière chérie,
Le vieux soldat vient de sécher ses pleurs.
Quand tous les cœurs s'ouvrent à l'espérance,
Le monde entier, qui vers nous tend les bras,
Méconnaîtrait le drapeau de la France,
Si Béranger ne le saluait pas.